本日のヘクトパスカル

Today's Hectopascal

竹林館

本日のヘクトパスカル　村田譲詩集

目次

I

II

III

Ⅳ

本日のヘクトパスカル

村田譲詩集

I

本日のヘクトパスカル・1

うちの妻は更年期であるとの自覚はあるが
調子が悪いのは気圧のせいだと
薬を嫌がる
単に医者嫌いの言い訳であろうと思うが口にはしない

さて、洗濯物を干そうとしていたら
目がまわる、頭が痛いと
結構まずい状態らしくソファに横になる
どうしたと声をかけると
私、昨日はそんなにお酒飲んでないよね、と
言い募る
んんん、でも何日連続で飲んでいるのかな
、との小言に
血圧測ってと腕を差し出す
何だかとても細くみえる
このところ高めだからお医者に行こうかなぁ
なんて、随分弱気だ
（ふ、一気に畳み込みたい気持ちを抑え）

ほんとに天気悪くなるのかな
気圧下がると調子悪いよね、と
窓から差し込む陽光に
薄笑いを誤魔化すのだ

そうだよ、数時間後に急転するんだから
そういって寝たままスマホをいじる
元気あるならいいかと思いつつも
ゲーム止めて少し寝なさいよと
タオルケットを渡すのだが
病人の楽しみを奪うのか！　と
いつの間にか病人になっている
ハイハイと洗濯の途中であったことを
思い出し脱衣所に戻り
シーツを叩く

このまま晴れてくれるといいなぁ

本日のヘクトパスカル・2

居間からラジオの音がする
包丁の音はリズミカル
煮込んでいるだろうスープの匂い
しかし今は起きたくもない気分なのだ
それでも目覚まし時計に促されて
パジャマ姿のままで
台所におはようの声をかける
が、返事はない
昨夜の寝る前のひと悶着
さすがに夢落ちとはならないようだ
顔を洗い、洗濯物を片付けていると
ラジオ体操の曲が流れてくる
同居している息子が洗面台を使うのは
大体ラジオ体操第二の前後
それまでに終わらせるオレの

朝のルーティンワーク

そういえば、と妻
こんなものが落ちていたと
差し出したのは
不要となったネジひとつ
仕舞ったつもりのつもりで
今朝探すつもりを忘れていたから
何か弱みをまた一個のつもりになる
ここで、おはようと
ナイスなタイミングで息子登場
おはように、ごめんねと紛れてするオレ的謝罪
悪かったとは言いたくない気分なのだ

ラジオアナは淡々と
今日が何の日であるかを並べ
いつものように息子は箸を並べ
こんなものかな、と

対面カウンターから妻
いいんじゃないでしょうかと
配膳をしながら返答する息子
まあ、そういうことですから
…今日は曇りでいいや

本日のヘクトパスカル・3

このところ妻の機嫌はすこぶる斜め
低気圧が接近すると調子が悪くなる
とは、妻の弁明

そして今日はとても会社を休みたいくらい
調子が悪いという
ならば無理しないでとの
出勤支度しているオレの勧めに
息子の送迎があるから休めないのだ、と

二十五歳の息子は免許を持たない
勤めている会社には送迎バスがない
札幌から三十キロも離れると
マイカーばかりで路線バスなんかない
だから私は休めない
おお、見事な三段論法（？か）
かといって
ここでちゃかすと

危険が危ないことこのうえない

何で免許取ってくれないかなぁと
聞こえるように大きな声
でもさ、不登校ぎみてて
引き籠りまであと一歩だった奴が
なんとかアルバイトを一年続けている
不登校を支援する会に参加すれば
うちの子もそこまでいってほしいと
羨ましがられて
いつの間にか息子の名前は
希望の星となっている

ため息交じりの妻のご機嫌は
相変わらず
ちょっと斜め
少しうえ、くらい？

哲学専攻

何で私はいつも
いつも怒ってばかりなんだろう
と、急に言われましても
（たぶん独り言だろうし）
たいがいは上司の悪口と仕事の不満
ついでに政治への無関心とは
ほぼ三位一体のもの
女性のつぶやきは
ただの垂れ流しであるから
うんうんと聞く振りをしていれば良しと
流布されているものであり
そうかといってね（ムズムズ）
社長になろうという気があるでなく
選挙に立候補するでなく
社会貢献に力を尽くすと宣言するでもない

それでも資源回収くらいはしっかりと
やるべきことはテキパキ
そうだね、勤めることというか
何をしていくかということの
見えにくい本当を自覚する
その一歩を勉強し直すと
結婚後に通信制大学に入って
なお何年間在学しているのさ
更年期がどうとかいうより
そりゃあ疲れるタイプですよ、あなたは

今だって面接授業のテキスト紐解いて
で、何の本読んでるの
パスカル？　はあ
…人間はひとくきの葦にすぎない
　自然のなかで最も弱いものである
　だが、それは考える葦である…
成る程ね

だからって世界が明るくなった気はしないよ

ところであなたの気分を左右するという低気圧
その気圧の単位はｈＰａ
ヘクトパスカルっていうんだよね
ヘクトは一〇〇のことだから
本日の一〇〇の怒れるパスカルさん
選択科目を変えるのも
ひとつの手立てかと思うんですけど
いかがなものですか

＊パスカル『パンセ』（前田陽一・由木康訳　中公新書　１９７３年）

ウィスク

このところ何かと槍玉に挙げられるのは
もちっとダンスに身を入れろってことかな
自分、けっこう頑張ってるんだけど
そもダンスを習うことになったきっかけ
覚えてる?
ソシアルってどお?　と問われて
そんなジジババのやっているものヤダと
速攻ではねつけたんだよね
でも覗くだけ、と誘われた朝カル見学
ちょうどダンスブームだったようで
同年代の人が多かった
その帰りしな一杯飲みつつ
どお?　と、また聞いてくるから
いいんじゃないと答えたんだよ
そしたら次の週には

あなたの分の入会費も払ってきたからって――

子どもができてからの育児期間は
少しばかり距離ができたけど
数年前にあなたが再開
オレもパーティに呼ばれたけれど
さすがに全然忘れているし
ステップに流行があるなんて思いもしなかった
で、いつものようにというべきか
お願いまでされれば
オレも再開しないわけにはいかないさ
でもね、知らないことに触れるのは嫌いじゃない
だからダンスを勧められたことはマル
実に快晴マークで
良かったと思って感謝してるよ

でもなぁ　ステップなんてさ
しょせん右と左　交互に出して

ときどきウィスキーに酔っぱらい
滑った左足をとっさに右足の後ろでクロス
それでバランスを保てば
まさに新ステップ・ウィスク誕生ってなもの
だからオレも新しい可能性を探りつつ
日々飲んでるわけなんですが

さて一曲、踊りましょうか

＊朝カル　朝日カルチャーセンターの略称
＊ウィスク　ダンスの基本ステップのひとつ　Whisk
末尾にyを加えるとウィスキーとなる

めまい

なんだか調子が悪いからと珍しく病院へ行く気の
本日の妻である
窓越しの空は晴れてるし
この機会を逃すことなく
気圧が低いと具合が悪くなるならば
その具合にあった薬をもらわねばと
えらく気合が入るのだが
まずは言質を取ろうとしているオレである

なしたんだいと身を乗り出しつつ
え、めまいなのか、そおー
でもねめまいというのは
症状はあるが原因は不明の最たるものだよ
以前めまいで倒れたオレが言うんだから間違いない
え、じゃあ行っても仕方ないって？

いや、そんなことはないよ
それよりあなたこのところ血圧高いんだろ
内科行っておいで
オレの通っているクリニックがいいさ
以前の病院の変な女医はね
血糖値が上がってますねって
それでなんというかと思ったら
もっと高くなったら薬を出しますって
フザケタことをぬかすんだ
本来の医療は予防学ではないのか
あそこはガリガリの金の亡者だ、もう行かない
と、つい愚痴ってしまったら

それなら自然治癒がいちばんだね
もう少し横になるって

え、あれっ、晴れてるよ
お出かけは?

頭痛

気圧の標準は１０１３ｈＰａ（ヘクトパスカル）
とのことだが
誰がこんな数値に決めたのかは知らない
それでも一様に高所から低所へと流れはつくられ
その高低差が大きいほどに流れは強く
等高線の込み具合が風の強さに比例して
いずれ台風と呼ばれる
だからといって気圧の変化が
体調不良の要因と信じて疑わない妻が
昨日の関東の大雨のせいで
調子が悪いの
頭が痛いのって声を出すのだが
ここ北海道ですけど
どんだけ影響が出るってんだ
しかし圧力の問題と捉えるなら

病院へ行けとオレが声を大きくするほど
妻が意固地にソファからはがれないという
うちの関係と似ているところはあるようだ

まったく仕方がないけれど
このところ血圧が高いというものだから
試しに測定したら180－130
これ高過ぎませんか
以前は上が100を割ってたから低血圧とか
何年前の…と言いかけ
言いすぎて逆風となっても困るかと
しどろもどろになりながら
いつか薬をもらってくること自体が
我が家のミッションとなってくる
何度かの山場を越えつつ
ようやくたどりつくご苦労さまのゴールは
食後の一錠
朝夕に血圧を測る日課がつくられ

なんとか120－75程度に収まってきたのだが
それはそれで妻は不満らしい

しみったれた数値でやんの
けーき悪ッ

Ⅱ

関係性

会社の昼飯時にテレビを眺める
あかぎれとかひび割れとか
なんだか指がパックリ割れて痛いとか
昭和初期の映像が流れる
学生時代の一人暮らしが長くて
袋麺やスパは鍋ごと食べればいいだけだし
二日に一回くらいは食器も洗っていた、
ような気もするしオレにとって
水仕事で指が痛いなんて
なんだか理解不能で
ときとして、油が落ちてないと妻に注意されるが
もう一回洗えばいいだけなので
カンケーないのだ

そんな日頃の行いのせいだろうか

ガラポン抽選で六本中五本がキュキュット洗剤
オレンジ、ビタミンベリー、抹茶、レモン
そしてグレープフルーツの香り
容器が全部色違いで並べてみると
綺麗だから　許す
が、清潔好きな妻にしては浮かない顔
洗剤の匂いが好きじゃないらしい
でも、食器洗うのは自分じゃあないからと
妙な納得をしている
実際、家事の分担作業で考えると…
あれ、ひょっとしてさ
たまにハンドクリームとか塗っている理由って
そーゆーことなの？
昭和一桁生まれ、な、わけないけど
その頑固さ明治気質のあなたの弱点？

オレは手があれるという経験など
まったくご存じない人だもの

食器洗い担当に任命されたことの合点がいったよ
しかしなあ、今でもオレの方が色白いじゃん
もっと白くなるかなぁって聞いたら
漂白剤じゃあないから
そこはカンケーないらしい

リフォーム気分

三十年も住まっていれば
給水管も劣化し漏水事故も多くなる
ついでに洗面化粧台も取り換えようと
見積りが終わった後のこと
洗面所の床材を選びなおしたいと妻がいう
素材の質感が壁と床とで
なんか調和していないのだとか
まあ、そんなこともあるさと
管理会社の担当さんに連絡し
再度、打ち合わせの設定をしたのだ

それが本日の気圧のせいが　半分
朝食のパンがいけなかったせいが　半分
あわせて一本という次第で
部屋で寝こんだまま出てこない

希望する本人が寝ているのでは
仕方がなく
何か低気圧のせいで起きられないようで申し訳ない
と謝ったところ
担当の方も女性であって大きくうなずき
私もそうなんですよと返される
はあ、というオレの気のない返答に
夫は全然理解してくれないんですけどね、と
でも晴れていればいいかというと
それはそれで紫外線が気になるし
乾燥していると肌が荒れるし
女性って大変なんですよ
奥様、調子お悪いなら無理せずにと
優しい言葉と見本一式のあわせ技
煙に巻いて置いていく

待て、のくさびを四つくらい打ちこみたい気分だが
鳩時計が昼の時刻を告げるから

妻が横になっている部屋に顔を出す
オレはヌードルにするけど
バナナでも買ってこようかとの声かけに
なんとか枕から頭をはがして答えるには
んとね、頑張って起きてね、スパ作るから
生クリームたっぷりのプリン買ってきて、って

（ものすごく過剰装飾な「待て」のかすがいに呼吸を整え）
んじゃ、コンビニ行ってきまぁーす

生活闘争　または、あとの祭り

会社の飲み会に参加した妻から
因縁をつけられる

よくそんなダンナと付き合ってるね
すぐに別れなさいよ、って
いわれちゃったとのことである
しかも圧倒的多数であったとか
はあ……、どんな理由かを問いかけると
ここ十年間、生活費をもらっていないと
ばらしたらしい
えっと、生活費って何？
あ、ふーん、食費のことか
で思わず
いやそれは間違っていると、つい声を荒げる
そんなものじゃない

少なくとも十五年以上は払ってないから
とは訂正したものの、なんか何である

妻の実家は農家です
そうすると漫画のようだけれど
月給というものが分からない
電気代に、こづかいに、教育費とか
毎月毎月分類して割り振って
どう分類されてるのかも分からないオレが
色々とお話ししたのだが
年に一回、えいやっの感覚育ちだから
新婚早々から給与はオレの管理となったのだ
共稼ぎするうちに
食費とマイカーの経費は妻が担当
電気ガス水道なんかは引き落とし
衣類などの必需品はクレジット精算してもらう
だから食費は払っていないのだ
どうしてといわれても

そういう納得をお互いがしたわけだ

しかし、オレ的に失敗した気分がひとつ
あのときボーナスの話なんてしなければよかった
と、たまに悔やむことがあります

割引率

いま一杯の酒を我慢できるか――
これを経済学では時間割引率という概念で説明する

夜ふかし、酩酊、翌日酒の抜ける頃にまた一杯
こうしたことは割引率が高い行為となる
脳みそを酒に浮かべ体調管理もできない
実に無駄な時間の使い方だからだ
しかし明日クルマに轢かれるかもしれないのに
そんな正論のために生きているのか
そもそも酒樽になりたいという思いを
踏みにじっているわけでしょ
そう言って妻はくちをへの字に曲げる

テレビなど見ている暇があるなら飲む
好きな本に囲まれついでに

ＮＨＫの集金人も撃退できると気炎をあげる
ただし、ファイターズの放映は別建てのようだ
なぜか三年ほど前にいきなり
野球大好きを宣言してから
試合前の練習をみようと開始三時間前に球場入りし
試合後のマスコットとの握手会にさらに一時間
それが楽しいらしいのだが
そうした楽しみ方を知らないオレは
さすがに野球観戦で丸一日つぶれるのは想定外
当然のように機嫌が悪くなる
それをどう勘違いしたのか
マスコットのＢ・Ｂに嫉妬しているとお冠なのだ

いくらオレでも着ぐるみに嫉妬なんかしませんよ
自由にならんで握手して写真撮ってください
単に疲れただけです、濃すぎます
もう一緒に行かないとか勘弁してください
パートナーの趣味ひとつは共有すると

オレ的には決めているので
何と言われようとも球場にはついていきます
だって明日はビール半額デー

＊時間割引率　将来の価値を現在に換算する率のこと
＊Ｂ・Ｂ　ブリスキー・ザ・ベアー、２０１７年まで日本ハムのメインマスコット

マスク

お互いの言葉が伝わらない
言った言わない、そんな風には聞いてない
まあったく御愁傷様なことである
会社であればクレーム係の一項目め
メモ書き必須の
初歩の初歩が通じない
まあ逆に、自宅でメモられているならば
後ろには興信所がはりついているだろうから
その気配がないうちに
まずは謝るに限るのだ

それが簡単にいかなくなるのは
退職近い年齢ともなると
実は難聴ではないのか、との当然の懸念が膨らむからだ
そして段々と
付き合ったころから
人の話、聞いてなかったでしょ
とかまで

きっちり遡りはじめてくるならば
もう仕方がない
囚人よろしく
黙って耳鼻科へ連行されるのみ

さて診察室の中まで同行したが
別に耳の調子は、特段に悪くはないです
補聴器が必要とも思えませんね——
との検査結果に
でも先生、この人ったら
私の話全然聞かないんですよって
——ね、それはさ

マスクはちゃんとしていても
そこの見習い看護師さん
なんだか肩が揺れてるぞ

漢方薬のココロ

耳の検査　異常なし
年齢分の可聴域は狭まってはいますけどね
年相応に聞こえる範囲です
問題ないです
とは、医療的な判断
それでも補聴器を必要というなら
お世話もしますけど
いますぐ必要とは思えないですよ
そう断言されて
どうにもイラっとしている様子の妻である

そこにどんな圧力を感じたものか
ついついの助け舟だ
薬とかないですかねぇ？　とオレ
それをどう察したか

まあ、漢方で血流をよくして
脳内の耳の働きを刺激してみますか
では二週間分出しましょう、との手打ちとなる

朝昼晩の三回食前とのことであるが
そも耳が悪いとの自覚のないオレは
なんとか最低二回はキープしながら
とりあえずの試し飲み
薬がなくなった時点で
今度はひとりで医者に行く
効きましたかと言われても
分かりませんと答える
それに対して
実際、漢方薬の効く効かないは飲む方じゃなくて
飲ませる方の問題なんですよね
と、やたらと意味深長なお言葉

また薬がなくなったころ

効いてると思うかぁと
妻に聞いたところ
ぜんっぜんと力を籠めた即答に
通院停止

その翌日、薬箱のうえに
『老人の取扱い説明書』との書籍が
どっかーん

護美箱

男には見えない日常のお仕事があるとか

ほう、ゴミ袋を玄関に置いといてくれれば
ゴミステーションに投げておくって
そんなものは家事じゃないです
当ったり前っしょ
単に運ぶだけなんて
未だそんな原始人みたいな不燃ゴミは
自分で集めることさえできないんだ

何曜日が燃える燃えない大型の日で
袋に色が付いていたって
外側からは透けてしまうから
住所なんかの個人情報もそうだけど
モロ見えはしないように詰めるわけだし
資源回収のプラの種類のことも守ってさ
使った後に何枚あるかの在庫管理
たったゴミひとつのことでも

やることは結構あるということね
室内のくずかごだって
たまには洗うとかしないとダメですしねぇ

へ、臭いするって
はあ、コバエ対策ね
蓋付きのゴミ箱ですけど
ふーん、じゃあ殺虫剤
でなくてコバエホイホイ、って何それ？
え、薬局なのね
はーい
じゃあ買い物メモに追加してとぉ

ああ、めんどっくサ

＊ゴミステーション　北海道弁で、町内のゴミ集積所のこと
＊投げる　有名な北海道弁で、この場合は捨てに行くの意味

さまようドアノブの

エヌ・エイチ・ケイの
めったに見もしないテレビには
永遠の五歳児、なんてね
ずっと同じであり続けることは難しくて
年を取るということは
思い通りにならないことの積み重ねを
自覚していくことであるか
例えば脱衣室のドアが閉まらない、なんてね

どうも凹凸がずれてしまって
ドアを閉めるときには
少しだけレバーハンドルを持ち上げるよう心がけて
この間までガッチャンと閉じていたんだ
それが更にお年を召したこの頃は
とにかくオレが閉じたつもりになっても

なんとも曖昧にカッシーとの音を残して
居間との空間を切り離すことなく
逃げるのだ
洗濯機の豪快な音が響くときなど
ラジオの時報も掻き消され
中途半端な空域のまま
室内外を分け隔てしないものだから
化粧中に踏み込んだりもするわけで
その自覚はなかったし
つまり経年劣化ということであろうけれど
それほどまでに寄りかかっていたとは、ね

そんな連続のある日
妻はドアの不具合を
子どもの目線にまで下がってのぞきこむ
あれ、凹みの中心ずれてるやん！
もとよりマンションという大量物資の集積体
余裕を持たせるはずのガッチャンスペースも

納期にあわせろの忘れ形見になっていたのか
まずは検証とばかりにプラスドライバーで
枠側のストライクの金具を取り外す
裸になった受け側の切り込み位置は
余力も何もキリキリで逃げもなく
わずか数ミリの誤差であったが
歳月によってずれたドアのツメは
いつかさまようカッシーとなり
ひっかかる相手方を探していた
建付け不備のやっつけ仕事に
妻、怒りの鉄槌トンカンコン

その間チコちゃんに叱られていたオレは
叱られすぎてしばらくボーッとしていたが
何を打ちこんでいるのかと脱衣室へ
そこには見事にノミとトンカチで
枠側の穴を拡大補修して
実にドヤ顔の妻を発見

実に自力で何年越しでドアノブ・カッシーの
秘密を解き明かしたのだ
ありがとー

そういえば台所の換気扇も調子がよくないし
ほめれば割と調子に乗るタイプだし
寄りかかりすぎない程度に
次のお休みにお願いしてみよっかなぁ

＊チコちゃんに叱られる！
（テレビ番組）永遠の五歳児設定の女の子が、日常の当然な疑問を
発する。まっとうに応えられないと「ボーっと生きてんじゃねーよ」
と怒られる。

夢なのね

酒器を片手にした妻が
夢の話をしてもいいかなと

なあに、と
向かいに座り直し
少しばかり酒を注ぎ足しながら
ところでそれは
ありえない空想のことかい
それとも寝ているときの物語ですか
と聞き直す
予想はどちらも外れて
未来の話というものだった
どんな展開になっていくのだろうと
頭のなかはフル回転
警戒レベルを押しあげる

でてきたのは息子の
それも結婚のことで
式に誰を呼ぼうかという

…それって夢か？
思わず声にでた
だって付き合っている相手がいるだなんて
思いもしなかったからと
嬉しそう
一時はひきこもって
なんとか通信高校に通って
バイトしつつ家をでるまでの長いというか
短かったというか
いやいやそれ以前にね
結納の手続きもまだで
結婚したいんだ、というメールが一本
それだけだ

これからが長いのか短いのか
評価のしようもないけれど
すでに時計の針は零時をまわって
続きはまだまだ先のこと

でも、あと一杯だけ
注ごうか

Ⅲ

七月のサンダル

夏になると必ず妻がいう
今年こそ素敵なサンダルを買うんだ、と
それこそ何年目の夏だろう

買えばいいやんと思うのである
戸惑う理由がよく分からない

どの服に合わせるか
(夏服も一緒に選んだらぁ)
ダンスの衣装とサンダルは合わないし
(別に合わせようとしなくても)
もうそろそろの七月間近
(毎年買って捨ててというわけでもないのに)
なおも躊躇する

目標達成型のオレなので
これ以上踏み込むのは危険と判断
せっつくことでもないわけで
ゆっくり選んでね、と例年笑って終わりになるのだ

そんな今朝方のこと
いてぇ！　と妻の叫び
右足の小指をチェストの角にぶつけたらしい
実はオレは非常によく足の小指をぶつける人なので
ふーんとだけ声にするが
そうだな痛いよなとしか思わない
しかしいつまでも痛い痛いといいい
なるほど見事にブス色に腫れてきた
これは結構なものだと感心していたが
妻に——医者に行っておいで
と声かけしてから出社した

昼を過ぎての職務中

添付メールが載せてきたのは
えらく地味なサンダルの写真
なんだろうとコメントを読むと
新規購入との単語が
どうもレントゲンの結果
薄くヒビが入ったらしい
包帯のせいで靴が履けないと言い訳している

はっはー
ついに夏のサンダル買えたじゃない、って
そんな返信をしていいものか？
さて、夏の始まりだ

青田買い

ダンスを始めて七年になる妻は
クリスマスのデモダンスに参加するか悩んでいた
オレはスケジュールがあわずに不参加で
ダンスパートナーを誰にするか決めかねていたのだ
そこへ――うちの息子どう？　との
悪魔のささやき
オレらのダンスの先生の次男坊だ

ソシアルダンスはホールドが命
これは練習の時間に比例するもので
とっても五、六十代のオッサン・オバハンには難しい
だがお勧めされたボーヤは
七年前にはぷくっぷくの可愛い小学生であったが
各地の大会に出場しまくり
そのうち身長もお袋さんを超し

ダンス教師を目指すのだとかで猛レッスン
その分くちも達者になりつつ
ジュニア大会では北海道に敵なしの状態だとか
もっともダンスの主催者というのも複数あるようなので
道内五指に入るうまさの十代と訂正しておこう
それでもこれはめったにないチャンス
現役の高校生を独り占めである
絶対のお買い得です
とまで言われたかどうかは知らないが
道内一位とのデモという
妻的には、青田買いの心地でのレッスン開始となった

しかしダンスはうまくてもしょせんは十七
時々ひとり自分だけ競技会モードに入って
妻がついていけないとき
ダンス教室の大先生から指導が入ると
次の日はレッスン時間が過ぎてもふて寝していたことも
あるようで

かたっぽくつした

洗濯機からのおしらせブザー
干す時間だとさ

いつもの日常　第二幕
オレが洗濯物を引きずりだす
あれこれと叩いたり広げたりしながら
妻がぽつり
このところ物忘れがひどくってさ……
（すかさず
オレもそうだよ

でもね、絶対に必要と思っていたものを忘れてさぁ
これはいけないよね、と
（おうむ返しに
じゃあさ、メモしなさいマセといえば

メモを机の上に置いとくのはイヤだという
（ま、潔癖症タイプでモノを並べるのが嫌い

というかさ、解決策は要らないから、と
へ？　あ、さようでっ
（頭のなかグルグル
（そういえば女性は共感だと書いてあったなと思い出し
（であれば
洗濯物を吊るしながら
来週でもさ　おばちゃんのとこでもいってさ
フラストレーション解消しておいで
（と、いいことをいったつもり

そこを実に冷たく辛辣に
だからさ、解決策は要らないってば
（え、これもそうなの？

することは決意で言葉じゃあないからねぇ

だまってやるしかないのかぁ
と独《ひと》り言《ご》ちて
あとお願いねと
脱衣所を出ていく

残された洗濯物を干しながら
トリセツだけじゃあダメだなぁと
それでも正解と対策を求めて
仕方ないかと諦める振りはするが
じゃあ、と
くつしたの、もういっぽう
どこに干そうか迷ってしまう

事前対策

おや、揺れている
寝床のオレが薄目を開け
そのときガタガタンと
音をたててくるから、危ういと
寝ぼけている妻の腕をひっぱる
トイレ前にまで移動しても
（現代建築では玄関の方が安全と後日知ったが）
揺れはなかなか長く激しく
マンションが倒壊しないかとおびえる
なにせマスコミは大地震があるとお約束なのだろう
つぶされている一階の映像が大写し
とりあえず今回、うちは
水道も電気も止まりはしたが
それほどの被害を受けはしなかったが
色々と不都合は蓄積していて

妻とのちいさな諍《いさか》い
腕を引っ張ったときに痛かったとか
胸に触ったとか
さらには家具の固定方法が病気のようと言い張る

ほとんど言いがかりではないか
確かに大学でひとり暮らしのとき
文庫本ばかり数百冊
頭から浴びた経験があるもので
家具の固定には気を入れるのだ
であるからこそ妻も会社に出社してから
液晶テレビの画面にヒビが入ったとか
電子レンジが落ちて買い替えることになったとか
食器棚が倒れて全滅したとか
奇妙な競《せ》りあいが行われているなか
ひとり平然
カセットテープが一個落ちてたなぁと
素晴らしくKYな発言をして

何こいつ的な視線を浴びまくって
浮いていた話じゃなかったのか

なもんで病的な性格もたまには役に立つと
ポジティブにオレも受け流し
怒りなのか不安なのか
別角度で固定してみようと少しばかり
役所から持ってきてみた
離婚届の用紙と
婚姻用紙をまじまじと
ゆらゆらする自分の内側
フルフル動く妻の言動
あるべき場所とありえない場所を
見つめ直す

*KY　ケーワイ、K（空気）がY（読めない）の意味、
その場にふさわしくない発言をすること

明日の料理当番

オレは男女同権主義者であると
平気でうそぶく
まあ、作り方は雑だし
うまいかどうかは知らないが
取りあえずの用意はできるのだ

そも、女性が料理を得手であると思ったことがない
亡くなった母は割と露骨な性格で
父には一品かならず多くつける
しかし不在であれば
ピーマンとちくわの塩コショウの炒めもの
そのただ一皿
だがどうこう感じたことはない
子ども時代に腹が減ったという記憶がない
棚にはインスタントラーメンもフリカケもあった

つまり、以上は母親流で
そこに文句を言うのは筋違いであろう

だからであるとの言い訳ではないが
確かに味見なんて知らなかった
出汁というのも知らなかった
とりあえず焦げついてないならいいじゃない
嫌なら総菜買ってくるよ
が、妻は違う
レシピ中心主義者である
その通りに作るなんて
素敵なことかもしれないが
食費のこともあるかもしれないが
言い争って碌《ろく》なためしがなく
しゃーないのでレシピを読むが
色が似てればいいんじゃあないですかという
そのオレ的判断は
小さじ一杯と

塩、少々の違いが分からない
片栗粉ってうちにないし
小麦粉じゃダメなのかい
毒見をしながらお腹いっぱいでいいじゃあないですか
どうも分かりません
あげくに味覚音痴でしょとかいわれても
そちらもよくは分かりません

しかしはっきりとした好き嫌いがあるんだから
その基準でやってます
手間をかければというのも
自己満足に過ぎない気がするわけです
だからもう
休日にオレは食事は作らないと宣言するです
日曜の昼食はカップヌードルで充分ですから
用意もしなくていいよ
どうしても気にかかるなら
娘、息子に作ってあげて

それで余るなら少しまわして
作るよりも、そう
後片付けの洗い物の方が好きだと分かってきた
何となく性にあっている
そこはほら適材適所ということで
よろしくお願い申しあげます、る

日頃の・・・

なんかもう男に見えないならそれでいい気分の
本日のオレ
それにはかまわず土曜は
決まって掃除に力を入れる妻である
こういうときはまずお話が進まないので
やるべきことを書き出してもらう

片づけ　はたき　掃除機　床拭き　トイレ
風呂のなか　外　フタ　石鹸箱　蛇口
カガミ　部屋カガミ　玄関カガミ
テーブル　机　机　机　洗面台　レンジ
コンロ　シンク　トースター　冷蔵庫
ドアノブ　玄関マット　台所マット　アイロン
繕い物　読書　筋トレ

何か混じってますけど
って、多くね？
わざと増やしてない？
このカガミ拭きとテーブル拭きって何
え、濡らした布と乾いてる布の違いなの、ほー
机とテーブルってことは
オレの机の上にあるものどけろってことなのか
どこにあるか分かって積み上げてるんですけどね
だから自分で片づけろってか
まあ確かに、丸二カ月は放置してるか
分かりました

こうなればたまにしかやらないところ
気になってたんだ
そう、この冷蔵庫のウラ
大掃除でもないけど二十年は放り投げている
さてどんなものがでてくるか
楽しみでしょ？

ん、そうでもないんだ
そっかあならば、開けてからのお楽しみっと
う、重い動かん
うおりゃー

このところの忘れん坊

新聞を読もうとして　メガネはどこだ
そんなことで妻が部屋中を探しまわる
昨夜の洗顔の
じゃなくてお風呂にはいったとき
でもなくて朝の化粧
かと思ったんだけどベッドの横かな
にもなければきっと机の上に
堂々とあるわけもなく
まさかの頭のうえに乗っていてなんて
そんな落ちは許しませんからね
それで結局どこにあったのでしょうねと
聞いてもそれはそれ
色々なんだか知らん振りしているよ
このあいだは読みかけの本に挟んであったし

その前は家の鍵が行方不明
出社直前であったから
けっこう焦ったけど
まずはいつもの道筋の途中にあるものです
これは間違いないと確信する
ちょっとばかりこびとが悪さしているのだ
だから彼らが通りそうな狭い隙間とか
コードが絡まっているその膨らみとか
いつものところをいつものように
低い視点でみまわれば
出入りする場所は割と限られているものさ

だからといって出入りのついでに
朝ご飯とか作ってくれないかなんて
そんな大物は引っかからないと思うけどな
横着メシでいいならば
総菜を買いこんでくるけどな
だからどうよという間もなく

もう、お酒飲んじゃったから明日にしましょって
いつの間にかコップになみなみ
また今夜もこびとが活躍しそうな雰囲気

どうせなら座敷童の方がいいだって、か
まあお願いしてみよか
ところで携帯はどこだい

Ⅳ

本当のトコロ

私って人に嫌われているのかな
どう思う?
——さてこういう質問にどう答える
パスという選択肢はない
それは絶対ない
真剣に聞いてくれないと、激昂する方に全部

まったく好かれる理由なら
なんとでもいえる
オレが好きな理由でいいんだから
とにかく色々とほじくりかえすようになると
妻の得意技の網にかかるので
筋違い歩を打っておくのが無難
とにかく問題解決型の男性思考は
コントロールしたがるわけであるので

それくらいなら離婚訴訟とかの方が理解できる
まあ結局は降参するというか
黙って耳を傾けることになる

今回のクエスチョンは十五歳下の社交的な上司と
誕生日が同じということ
なので
きっと何かお祝いを寄越すに違いないから
お返しはのど飴でいいかというものである

ああ、うっとうしい
それ好き嫌いの話でさえないじゃん

なんだかワイドショー

なんだか母は娘に叱られて
しまったぁ〜と露骨な顔をしていたのだ

帰り道、なにを喧嘩してたんだろうねぇと
軽い気持ちでくちをひらく
しかし蚊帳《かや》の外であったはずなのに
どこで聞きかじるものか
はっきりとはしないけれどと前置つけて話すには
義弟が浮気をしたらしい
それを我慢しろと、いったのか
もしくはそういう奴だとののしったか
そのあたりは不明だが
女性絡みの問題とのことである

へえ?　あまりに飛び跳ねたことで

なんだかリアリティに欠ける
が、しかしだ
愛妻家であれ恐妻家であれ
普通の男は浮気賛成派になるのだろう
つまりこれはオレ自身への質問でもある気がしてくる
熟年離婚も聞きなれすぎたこのご時世
そも、男というものはと答えるか
そんなヤツはと切り捨てるか
考えすぎてどうも笑い飛ばす時機を失した

でもね、当たり前じゃないと
思いがけない回答が
なんと妻から返ってくる
お金があって羽振りのいい男に若い女が近づくのは
当たり前でしょ、ときたもんだ
あなたも浮気したいんだったらいつでもどうぞって
(ちょっと言い方は違ったかもしれないが)
にしてもドキドキのオレに

すかさずたたみかけるには
その代わり彼女《あいて》にしてあげたのと同じプレゼント
わたしにも頂戴ね、か

返事をするというよりも
それは当然だよなぁとうなずくわけであるが
だけど、ふーん？
デートしたなら妻とも食事
贈り物はふたつ用意するのね
万が一だが指輪なんかのおねだりには…
わお、二倍は働けってことね
なんだかとってもお昼のワイドショー

それでちょっとばかり
引っかかっている疑問符があって
これ有効期限あるのかな？

新年会へ行こう

あのさ、今週の新年会はオレ参加するの？
と確認する
このあいだの言いあいのひとつが
一緒に飲み会に出ると
オレが調子よくしゃべりすぎて
その世話をすることになるから
仲間と話が出来ない
妻からのそんなクレームがついた

それはまことによろしくない
友達関係を築けない飲み会なんて
本当にしょーもないことで
ごめんと平謝り
だからひとりで行っておいで
というのだが

今回はどうも違うらしい
別行動は構わないが
参加する会合はあなたの場所でもあるので
それを壊すようなことは不本意で
オットの悪口程度は
自由に言いあえる場所は必要だ
とか、なんか全然分からない話になっていく
どうも彼女的ルールが発動している

オレが嫉妬深いからって
いや、そうかもしれんが
それはいまの答えになってない
そもそも共感する機能が付いていないのが悪い
悲しみを共有しろ、と責められても
ううむ、それって
努力でなんとかなるのでしょうか
もともと好きな酒の種類も違うわけだし
行きたかったんだよね

日本酒の利き酒会
行ってくればいいでしょ
帰りに玄関前で寝込むのだけは気をつけてさ
冬の北海道ではシャレにならんから
とにかくあんたは飲むピッチが早い
もうまぶた、落ちてきてるし
そういう自覚ありますか、って
あ、ごめん、こぼしちった
台ふきんはどこだ

おおい、床で寝るなあ

プロポーズ

わたしは夫に結婚を申しこみます
サークル打ち上げでの最中に
いきなりの宣言

グラスの手を止め
それまで飲んでいた面々は
ぽっか～ん
もちろんオレもぽっか～ん
ほそく流れている有線をＢＧＭに
声を張る
ここに船長さんはいませんかぁ、って
（いねーよ）
返答なしの状況を
羽毛よりも軽く受け流し
誰か、船長役に立候補していただけませんか

とたたみかける
ここまで暴走してしまうと行き着くところまでと
覚悟したのだろう
傍観者だったひとりが
あんたやってあげなさいと
結局いちばん恰幅のよい男性が
で、どうするといいの、と立ち上がるから
そこはしっかり周到に
この通りに進めてくださいとプログラムを手渡す

そこからはなにせ年寄りの集まりなもんで
眼鏡をはずしては
文字が細かいとのクレームのなか
結婚宣言へ向かうのだ
ヨーロッパでは何回でも
結婚の宣言はしても構わないものらしい
成る程、I・DO
その通りにいたしましょう

次いで指輪の交換と握手
しかしここ何十年放置してあった指輪だもの
へそを曲げたか
なかなか指に収まらない
握手のときには
誓いのキスでしょと冷やかされて
それは俗悪だとそっぽを向くから
その頬への軽いキス
でも、そうじゃなくてと叱られる

結婚式は何回しても構わないのか
成る程、オレは賛成
ところでそう宣言してくれる妻に
来年還暦を迎えるオレは
三十年前に一度伝えたきり
いまの何をどう伝え
どう答えていくの

何回でもプロポーズ
ちゃんと言葉にしなさいよ

天気予想

何のつもりか
いつもの通りか
気象学を勉強すると言いだして一年
とりあえず単位も修得したようで

もとより天候のせいで体調不良になるという人なので
雨が降りそうであればそのたびに
嫌だなと気にかけていたから
確かに、事前に下り坂とわかっていれば
自分の体調もそうなると分かるわけで
さっそく傘を用意する
あれ？
持って行って傘に何をお願いするのだろう
気象学って何かしら、と首をひねる
てるてる坊主なら

そのままちょん切るところであろう
しかし無駄な問いかけは
渡した傘で殴られることになろうかと
妄想だけは膨らんで

さて、買い物途中のこと
西の空がずいぶんと真っ黒
思わず気圧配置…との単語が飛び出した
それで慌てたオレだが
そんなことは気にもせず
んーと、低気圧は高気圧からの空気を吸い込んで
吹き上げられた水蒸気が上空で冷たく水滴になって
でも上空の気流と中間とでは向きが違ったりぃ
などと講義が始まる
ついつい風向きのことかい、と話の腰を折るオレである
風というのは熱の問題で
高気圧から低気圧へと流れは決まっていてぇ
とかなんとか

そうかそうかと調子を合わせながらも
台風の中心はどっちだろう
まわる高気圧と低気圧
その関係は周囲との相対的な結果だよな
温度差の問題なら
夏だって、寒いよぉとのリピート機能
ほぼ全開の妻が低気圧だろうか
諍いだってオレが謝っていればいいわけで
あれ、オレは風下か?
そういえば女性は怒りをため込んで
数年分をいっきに放出するとか

質問しながら聞きながら
やばいね自分勝手なオレ的回路はあっちこっち
カミナリ直撃のその前に
少しは役にたてよ
オレの気性ガク

ポエティカ

初めてここに来たのは
妻から弾き語りがあると誘われた二年、
否、三年前かもしれないが
どうも琵琶の音の覚えはないし
コンクリの座席でお尻が痛い印象があって
以来、足を向けることはなかった
それでも妻は
ポエティカという名前に魅かれてか
何度か足を運んでいたらしく
今日は夏至祭が開かれるのだよ、と
楽しそうに話すから
お抱え運転士の役目を果たすべく
どこで曲がればよいかが分かりづらい
この会場へとやってきた

音楽会と聞いていたのだが
舞台の端で床に伏す四つん這いの男
立ち上がりの
ときを知らせるピアニスト
弾く鍵盤の黒と白
待ち構えゆっくりと歩む太陽の演者は
夏至である鼓動のフレアを
力強く叩きあげるタブラに合わせて
互いが互いを絡みあわせる
二本のクラリネットの炎となり
昼がすぎ夕となっても
しつこく夜を遠ざけながら
未だに中世欧州の遥かな天使の弦に
アリアを震わせる
かと思えばタケシのコマネチポーズまでを加えて
満喫する狂喜のなか

緑に包まれたガラスの室内では

一年でいちばん長く歩く日光の
赤く傾いていく心の在りかを探し
この会場を手がけたという設計者のタクトが
踊る太陽を呼び留めようとしている
木々の怪しくざわめく声を除《の》け
ちっぽけな柱《じ》を立てかき鳴らす箏の音《ね》に
恋したトンコリが沈むことを忘れたよう
アリューシャンを吹き渡り
オーストラリア大陸の地の腹ディジュリドゥの轟が
舞台の股をくぐり抜け
馬頭琴のたてがみをなびかせる

楽《がく》の音《ね》に合わせ共鳴する足取りも
いつかはついえるであろう
今日という再びに
逢いにきた

＊ポエティカ　長沼にあるゲストハウス、沢の上に建つ〝橋〟としての家
＊ディジュリドゥ　アボリジニが使い始めたとされる最古の管楽器

ある夏の

週に一回以上一時間の有酸素運動をしていますか
との問診票に
納得のいかない○印をつける
どんな運動かと問われるならば
水泳です

その切っかけというのが
（まず、妻が気分屋であるというのが前提なんです）
そのときもスイミングスクールに行きたいというので
いんじゃないでしょうか
とのお墨付きを与えたつもりが
二人で行くんだよ！
え、オレ泳げないけど
私だって泳げない、それとも一緒にいるのが嫌なの？
との一気の寄りに

そんなことはない、と
網に掛かってしまった

不惑の年になってはじめた水泳
本当にただの付き添いで
保育園児の子どもを連れて
浮き輪に一緒につかまってバタバチャ
試しに水面に背中から倒れこんでみたら
浮きはするのだけれど
手足をバタつかせると
潜水艦よろしく沈んでいく
そうやって飽きるのを待っていたが
そのうち子どもの方が適応早くて
親の股のあいだを潜りぬけるし
妻もなかなか根気よく
背泳ぎってこうやるんだよと
わざわざ教えてくれる
結局オレも一年後にはクロールだけは

二十五M泳げるようになっていた
しかしどこまでも勝手流なので
ほかの泳ぎを真似ても
やっぱり沈むのだ
それでも徐々に
決まった運動として
週一回のプール通いが
スケジュールとして組みこまれていく

そんなある日に
唐突な宣言
この水泳教室嫌いになったからやめる
？　オレ、は　？
もっちろんＯＫですとの即決即答
今度はダンスをやるらしい
・・・・・・
・・

それからひとりでの週一回を何年続けているだろう
いまだに我流を押し通し
教えてくれた背泳ぎを
たまに思い出して
沈んでいくんだが
水のなかって
こんなに
静かだ

あとがき

本を出すときはその扉の裏に「あなたにありがとう」と、書くものだと信じていた。だから最初そう、あなたに伝えたのです。ところが「そんなもの要らないから」って。

そのときの自分を思い出すと笑える。間違いなくキョトンの最上級であっただろう。なんとも見事な拒否権発動であった。でも実は無断で、らしいことは載せたのです。

以来気にしたことはなかったのですけれど、あなたの親が亡くなり、自分の両親や義兄と続いて、それぞれに悲しかったり馬鹿らしかったり。そして最後に別れるのは誰だろうと考える年齢になった。

もしあなたが先に逝くのなら、これまで嫌だと言われていたことも、まとめて好きにさせてもらうつもりではある。が、こればかりはどうにも絶対がないわけだ。

そして確率的にはオレが先となる。するとあなたの順番が来た時に何も伝えられないのがちょっと悲しい。あなたのために怒ったり、呪ったりするのは自分の仕事でありたいから。そこで思いついたのが、生前葬儀もどきの方法で、よろしく言葉を残しておくことにした。

まあ、どちらが先に天国でも地獄でも、勝手に出かけて不在となったその時は、これが違うとの反論もないし、できないわけだ。となればこの際だから、目一杯話を盛って、どうせなら「全部嘘ばっかり」と笑える方がいいだろう。ついでにあそこの家庭の実話も混ぜておこうと考えた次第。

そんなわけで、これはレクイエムでもあるのです。

（初出一覧は省きました。どうせならと盛りを大きくしましたので、結構修正しております、ハイ）

村田　譲

２０２０年初秋

村田　譲（むらた　じょう）

1959年　北海道室蘭市生

詩　集　1994年『月の扉　大地の泉』（林檎屋）
1999年『空への軌跡』（林檎屋）
2002年『海からの背骨』（林檎屋）
2010年『渇く夏』（林檎屋）
2013年『円環、あるいは12日の約束のために』（緑鯨社）

所　属　北海道詩人協会／日本詩人クラブ／日本現代詩人会

同　人　小樽詩話会

村田 譲 詩集　本日のヘクトパスカル

2020年11月3日　第1刷発行

著　　者　村田　譲
発 行 人　左子真由美
発 行 所　㈱竹林館
〒530-0044　大阪市北区東天満2-9-4　千代田ビル東館7階FG
Tel　06-4801-6111　Fax　06-4801-6112
郵便振替　00980-9-44593　URL http://www.chikurinkan.co.jp
印刷・製本　モリモト印刷株式会社
〒162-0813　東京都新宿区東五軒町3-19

ISBN978-4-86000-440-8　C0092